© 2016 do texto por Martin Widmark
© 2016 das ilustrações por Helena Willis

Publicado originalmente por Bonnier Carlsen Bokförlag, Estocolmo, Suécia.
Traduzido da primeira publicação em sueco intitulada *LasseMajas Detektivbyrå: Biografmysteriet*.

Direitos de edição em língua portuguesa adquiridos por Callis Editora Ltda. por meio de contrato com Salomonsson Agency.
Todos os direitos reservados.
3ª edição, 2024

TEXTO ADEQUADO ÀS REGRAS DO NOVO ACORDO ORTOGRÁFICO DA LÍNGUA PORTUGUESA

Coordenação editorial: Miriam Gabbai
Editora assistente: Áine Menassi
Tradução: Fernanda Sarmatz Åkesson
Revisão: Ricardo N. Barreiros
Diagramação da edição brasileira: Thiago Nieri

Dados Internacionais de Catalogação na Publicação (CIP)
Angélica Ilacqua CRB-8/7057

Widmark, Martin

O mistério do cinema / Martin Widmark ; ilustrações de Helena Willis ; tradução de Fernanda Sarmatz Åkesson. – 3. ed. – São Paulo : Callis Ed., 2024.
80 p. : il.   (Coleção Agência de Detetives Marco & Maia)

ISBN 978-65-5596-281-9
Título original: *LasseMajas Detektivbyrå : Biografmysteriet*

1. Literatura infantojuvenil sueca I. Título II. Willis, Helena III. Åkesson, Fernanda Sarmatz.

CDD: 028.5

Índices para catálogo sistemático:
1. Literatura infantojuvenil sueca

ISBN 978-65-5596-281-9

Impresso no Brasil

2024
Callis Editora Ltda.
Rua Oscar Freire, 379, 6º andar • 01426-001 • São Paulo • SP
Tel.: (11) 3068-5600 • Fax: (11) 3088-3133
www.callis.com.br • vendas@callis.com.br

O mistério do cinema

Martin Widmark

ilustrações de
Helena Willis

Tradução:
Fernanda Sarmatz Åkesson

callis

Personagens:

Maia

Marco

Chefe de polícia

Senhorita Blom

Tobias

Zacarias

Homem das balas

CAPÍTULO 1

Um cachorro cantante

— Olhe! – disse Maia. – Aconteceu de novo!

Ela se debruçou sobre o jornal que estava lendo e mostrou um artigo para Marco.

Marco e Maia estavam sentados, cada um em sua poltrona confortável no porão da casa de Maia. Eles decoraram sua agência com tudo aquilo que era necessário numa agência de detetives.

Marco leu o artigo no jornal, enquanto Maia foi apanhar uma tesoura e o livro de recortes. No livro de recortes, eles guardavam todos os artigos que encontravam sobre crimes.

— Mais um cachorro que foi roubado – disse Marco suspirando depois de ter terminado de ler o artigo.

— Foi o terceiro em uma semana. Olhe aqui – disse Maia, abrindo o livro de recortes em frente a Marco.

Ela apontou para dois outros artigos que falavam de cães desaparecidos.

— Talvez tenha alguma relação entre todos esses roubos de cachorros – disse

Marco. – Vamos ler os artigos mais uma vez e ver se há semelhanças entre os crimes.

Marco e Maia apanharam seus cadernos de anotações. Começaram a ler em seguida. Enquanto liam, anotavam os detalhes mais importantes. Depois compararam o que escreveram.

— Foram apenas cachorros pequenos que desapareceram – Marco constatou. – A pergunta é por quê.

— É mais fácil levar embora um cachorro pequeno – disse Maia. – Cachorros pequenos não são tão perigosos quanto os grandes.

— Os cães foram roubados de diferentes lugares da cidade – comentou Marco.

— Do lado de fora da biblioteca, perto da igreja e do hotel da cidade – Maia continuou a falar, enquanto examinava as suas anotações.

— Os cachorros foram roubados mais ou menos na mesma hora, entre sete e sete e meia da noite – disse Marco.

— Os donos deixaram os cachorros sozinhos durante uns minutos – falou Maia.

— Mesmo assim, foi tempo suficiente para que o ladrão de cachorros entrasse em ação – disse Marco, pensando e coçando o nariz com a caneta.

Maia recortou o artigo do jornal e o colou no livro de recortes.

– Sabemos de mais alguma coisa? – perguntou Marco.

– Os donos dos cães receberam um curto telefonema misterioso logo depois do desaparecimento – disse Maia. – Ninguém reconheceu a voz no telefone e a pessoa exigiu 5 mil coroas de resgate por cada cachorro. Se os donos não pagarem, nunca mais verão seus queridos cachorrinhos.

– Os donos devem estar desesperados – disse Marco.

– E os cachorros, com certeza, muito nervosos – declarou Maia, suspirando.

– Leia mais uma vez, Maia. Para ver se descobrimos algo – disse Marco.

Ele fechou os olhos para se concentrar melhor, enquanto Maia lia o terceiro artigo em voz alta:

A polícia está sem pistas

"Eu quero o meu pequeno Karl-Filip de volta", diz Ivy Roos desesperada, que levou o maior choque de sua vida nessa última quarta-feira à noite, quando descobriu que seu cão havia sido levado embora do lugar onde o havia deixado, do lado de fora do hotel da cidade.

Ontem à noite, ela recebeu um telefonema, no qual o ladrão exigia a quantia de 5 mil coroas para devolver Karl-Filip.

Ivy Roos conta chorando ao repórter do *Jornal de Valleby* que o pequeno poodle é a única companhia que tem e que ela o havia ensinado até a cantar! Quando Ivy assobia, Karl-Filip costuma acompanhá-la uivando. Ela implora agora que o ladrão devolva seu cachorrinho.

O cãozinho da senhora Roos é o terceiro a desaparecer em pouco tempo, o que é um mistério, e a polícia está sem pistas.

Maia fechou o livro de recortes com força. Marco levou um susto. Ele entendeu que ela estava zangada.

– Temos que fazer alguma coisa – disse ela, muito decidida. – Tenho pena dos coitados dos cachorros!

Marco e Maia ficaram sentados por um momento nas suas poltronas, pensando no que deviam fazer, mas não lhes veio nenhuma boa ideia. Finalmente, Marco disse:

– Os cachorros não vão voltar se ficarmos aqui deprimidos. Vamos fazer alguma coisa divertida. Hoje vai começar a passar um novo filme de faroeste no Cinema Rio. Estreia daqui a meia hora. Vamos para lá. Ande logo, Maia!

Maia soltou um suspiro e se levantou da poltrona. Deixou o livro de recortes sobre a mesa. Ela gostava muito de ir ao cinema, mas não conseguia parar de pensar nos cachorros desaparecidos. "Quem pode ser

tão malvado a ponto de
roubar os bichos de estimação
das pessoas?", ela se perguntava.

Havia um criminoso à solta na pequena cidade deles e Maia sentiu que a agência de detetives logo teria um novo caso para resolver!

CAPÍTULO 2

Caos na fila

O pneu da bicicleta de Maia estava furado, então ela e Marco foram caminhando até o Cinema Rio.

O verão havia chegado ao fim e as folhas das árvores tinham começado a mudar de cor, mas, mesmo assim, o ar ainda estava quente e agradável.

Quando passaram pelo correio, avistaram o chefe de polícia. Ele estava lá parado, aproveitando os últimos raios de sol quentes do dia. Marco e Maia se aproximaram e o cumprimentaram:

– Oi, garotos – disse o policial. – Para onde estão indo os meus pequenos detetives favoritos nesta tarde linda?

— Vamos para o Cinema Rio, assistir ao novo filme de faroeste – respondeu Maia.

— Que bom para vocês – disse ele. – Eu estou aqui tentando encontrar o ladrão de cachorros. Vocês, por acaso, não viram nada de suspeito?

O chefe de polícia perguntou para eles porque Marco e Maia já o tinham ajudado muitas vezes a solucionar vários casos complicados.

— Não sabemos nada além do que está nos jornais – Maia respondeu. – O ladrão quer 5 mil coroas por cada cachorro, o que é muito dinheiro.

– Os donos dos dois primeiros cachorros roubados já pagaram – revelou o chefe de polícia. – Eles colocaram o dinheiro numa conta que não conseguimos ver a quem pertence. Apesar de tudo isso, os cachorros ainda não voltaram para casa. O resgate do terceiro cachorro será pago amanhã.

– Mas é realmente terrível o que está acontecendo – disse Marco, olhando para o relógio. – Agora temos que nos apressar Maia, o filme já vai começar.

– Vocês me avisam se descobrirem alguma coisa, não é? – gritou o chefe de polícia para eles.

Marco e Maia seguiram pela Rua da Igreja, passaram pela joalheria de Muhammed Kilat e pelo adorável café de Valleby.

Quando chegaram à Praça do Hotel, viram que havia muita gente do lado de fora do Cinema Rio.

| Matinê de domingo | Primeira sessão: | 17h | 60 coroas |
| Lassie às 15h | Segunda sessão: | 19h | 60 coroas |

Eles entraram no cinema e compraram seus ingressos com a senhorita da bilheteria. As portas da sala estavam abertas e o porteiro estava lá recebendo os ingressos na entrada da sala. Marco e Maia foram os últimos da fila. Lá na frente, junto à entrada, começou a se armar uma confusão e alguém falou:

– Você estava atrás de mim! Não tente passar na minha frente!

Marco e Maia ficaram na ponta dos pés, para poderem ver melhor o que estava acontecendo. Havia um senhorzinho muito zangado, tentando furar a fila. Eles o reconheceram imediatamente.

Era Rune Andersson, o recepcionista do hotel da cidade.

– Espere aí, meu senhor – disse o porteiro do cinema, pegando Rune pelo braço. – O senhor pode voltar aqui numa outra noite.

O porteiro segurou Rune, com firmeza, pela gola do casaco e o levou para a saída. Mas, antes de ser colocado para fora, Rune fez uma última tentativa de entrar no cinema novamente.

No meio do tumulto, ouviu-se um ruído de algo rasgando e o bolso do casaco do porteiro se soltou. Uma grande quantidade de dinheiro, cédulas e moedas, caíram no chão.

O porteiro olhou para o dinheiro espalhado e depois deu um olhar furioso para Rune Andersson.

Rune entendeu que perdera a briga e foi embora de mansinho.

– Parece que aqui tem tanta briga quanto no Velho Oeste – disse Maia rindo.

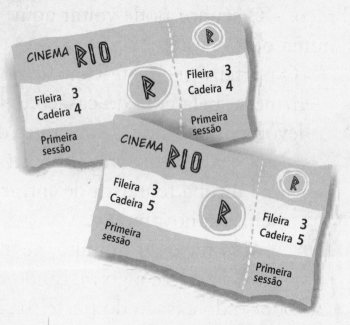

Assim que o porteiro juntou seu dinheiro do chão, voltou para o seu lugar para receber os ingressos de Marco e Maia. Ele parecia estar estressado com alguma coisa, pois tinha levantado a manga do seu casaco para olhar as horas no relógio.

"Uau!", pensou Maia, porque no pulso do porteiro havia um relógio de ouro, desses bem caros. Maia também reparou em outra coisa. Tinha duas cartas de baralho enfiadas debaixo da pulseira do relógio! O porteiro percebeu o olhar de Maia e puxou a manga de volta, apressadamente.

Ele, então, disse para a moça na bilheteria:

– Senhorita Blom, poderia ligar para o Tobias e perguntar por onde ele anda? Ele deve colocar o filme daqui a dois minutos.

– Claro que posso ligar – respondeu a senhorita Blom. – Mas, Zacarias, você sabe que Tobias tem vindo de táxi para o trabalho ultimamente e sempre chega na hora do filme começar.

A senhorita Blom apanhou um telefone e digitou um número. Marco e Maia entraram na sala de cinema. Encontraram logo os seus lugares na terceira fileira e se sentaram confortavelmente nas poltronas vermelhas.

– Se a agência de detetives for mal alguma vez, podemos começar a trabalhar no cinema – disse Maia dando uma risadinha. – Parece que eles ganham muito bem aqui.

– É! Táxi para o trabalho, bolsos cheios de dinheiro e relógios caros – respondeu Marco sorrindo.

O projecionista do cinema, Tobias, tinha chegado na hora, pois exatamente às 16 horas e 50 minutos começaram a passar os comerciais.

Na escadaria, ao lado das poltronas do cinema, havia um jovem parado, de casaco vermelho e cartola na cabeça. Ele carregava uma bandeja cheia de balas e guloseimas. Maia estava com vontade de comer um chocolate, então acenou para o moço. Ela ficou acenando para ele, diversas vezes, mas parecia que ele não a via.
Outras pessoas da plateia faziam o mesmo, mas o vendedor de balas estava assistindo aos comerciais e não parecia estar, nem um pouco, interessado em vender seus doces.
– Esse aí logo vai acabar perdendo o emprego – disse Maia baixinho e irritada para Marco. – Talvez ele também tenha

uma vida boa, como os outros que trabalham aqui no cinema, e não precise trabalhar de verdade.

— Shh! — respondeu Marco. — O filme vai começar.

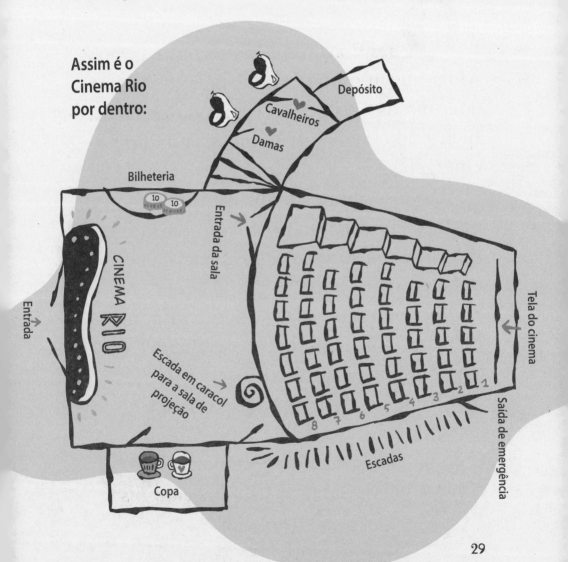

CAPÍTULO 3

Jogos de cartas e uivos

Quando o filme começou, Marco e Maia viram o homem das balas se sentar em uma das poltronas vazias da primeira fileira do cinema, próxima à saída de emergência.

– Deve ser por isso que ele trabalha aqui – Marco cochichou no ouvido de Maia. – Ele pode assistir aos filmes de graça e quantas vezes quiser.

O homem das balas se acomodou na poltrona. Em seguida, via-se apenas a sua cartola sobre o encosto.

O filme de faroeste parecia bom e emocionante. Era sobre um grupo de caubóis que levava uma manada de cavalos pela pradaria. Um dos caubóis

tinha uma capacidade fantástica de comandar os cavalos assobiando de maneiras diferentes para eles. Quando um cavalo estava a ponto de cair num precipício, ele assobiava, fazendo-o parar.

Maia olhou impressionada para o homem no filme. Ela também gostaria de saber assobiar assim.

Ela se virou para Marco, mas o que ele estava fazendo? Nem estava vendo o filme. Ele estava debruçado para frente, virando a cabeça. Marco escutava algo que vinha do chão!

– O que você está fazendo? – Maia perguntou.

– Shh! Acho que ouvi alguma coisa.

– É claro que ouviu. Você está no cinema assistindo a um filme.

– Shhh! – disse Marco novamente, se aproximando mais do chão. – Espere aqui, Maia – disse ele, indo abaixado em direção à saída.

– Mas... – falou Maia, procurando por ele, então o viu desaparecer através da porta de saída.

Quando Marco chegou ao *hall* do cinema, que estava vazio, ficou parado, só escutando. Através de uma porta entreaberta, ele ouviu o porteiro Zacarias e a moça da bilheteria, senhorita Blom, conversando. Ele se aproximou da porta e escutou com atenção.

– Mas é estranho – disse a senhorita Blom. – Durante cada sessão de cinema, nesses três últimos anos, nós jogamos cartas, Zacarias. E eu não ganhei nenhuma vez nesse tempo todo. Daqui a pouco, não vou mais ter dinheiro.

Marco escutou o barulho de uma grande quantidade de moedas sendo puxada sobre uma mesa e alguém embaralhando cartas.

– Não fique triste, senhorita Blom – disse Zacarias, consolando-a. – A sorte vai e vem, sortudo é aquele que a tem.

Marco ouviu as risadinhas que a senhorita Blom deu do versinho de Zacarias.

De dentro da sala de cinema, era possível ouvir os ruídos do filme: cascos batendo contra o chão, cavalos relinchando e os assobios daquele caubói. Marco escutava agora, com nitidez, aquele barulho que tinha ouvido lá de dentro da sala de cinema. Ele se concentrava e ia seguindo o ruído. Desceu uma escada, que levava até os banheiros do cinema.

Lá embaixo, havia três portas. Uma para o banheiro feminino, outra para o masculino e a terceira, um pouco mais adiante, estava trancada com um cadeado grande e reforçado.

Marco foi até a primeira porta e escutou. "Se aparecer alguém aqui agora, vão me mandar embora do cinema", ele pensou. Estava parado com o ouvido encostado na porta do banheiro feminino!

Mas Marco não ouviu mais nada além do chiado nos canos de água. Foi até o banheiro masculino e entrou lá. Ficou escutando com atenção, mas não ouviu nada de suspeito.

Saiu, então, do banheiro masculino e foi até a terceira porta, aquela com o cadeado.

Marco encostou o ouvido na fechadura da porta e... bingo! Ouviu novamente o ruído, claramente agora. Um uivo queixoso. Era assim mesmo que um cachorro soava! "E não um cachorro qualquer", pensou ele, "mas parece ser..."

Ele colocou a boca na fechadura e assobiou com cuidado, para que nem Zacarias e nem a senhorita Blom o ouvisse. Marco aguardou por um momento e, em seguida, o cachorro uivante lá dentro lhe respondeu!

– Hum – Marco escutou alguém fazer. Era Zacarias, o porteiro do cinema!

– É... – falou Marco surpreso, tentando encontrar alguma coisa para dizer. – O banheiro...

– O banheiro masculino fica do outro lado. Você não sabe ler? – perguntou Zacarias irritado.

– Os meus óculos... – começou Marco. – Esqueci os meus óculos dentro da sala...

– Sim, sim. Mas não é essa porta mesmo – disse Zacarias apontando para a porta trancada com o cadeado. – Aqui há um depósito, que não usamos mais. Nem sei onde está a chave. Vá logo ao banheiro, senão você vai perder todo o filme.

Marco entrou no banheiro masculino.

CAPÍTULO 4

Tela preta

— Acho que eu os escutei – disse Marco entre os dentes para Maia, quando ele voltou para a sua poltrona na sala de cinema.

Maia olhou surpresa para ele. O filme de faroeste era muito emocionante e ela não queria ser incomodada agora. Mas Marco pareceu ter chegado a uma conclusão importante.

— O que você escutou? – ela perguntou impaciente. – Não pode esperar até o final do filme?

— Karl-Filip, o poodle cantor do jornal – sussurrou Marco. – Ele está preso em uma sala perto dos banheiros. Eu ouvi, claramente, um cachorro uivando lá dentro.

Maia olhou para Marco com os olhos arregalados.

– É verdade? – ela perguntou, em um tom de voz alto demais. – Você é incrível, Marco! Isso quer dizer que...

– Silêncio! – resmungou um homem atrás deles. – Vocês estão incomodando!

Marco e Maia entenderam que teriam que esperar até o final do filme para discutir o caso. Eles se acomodaram melhor nas poltronas e esperaram impacientes o filme terminar. Maia ainda queria comer guloseimas, mas sabia que não era uma boa ideia. O homem das balas estava sentado no seu lugar, sem se mexer, provavelmente muito concentrado no filme.

De repente, a tela do cinema ficou toda preta!

Maia tentou olhar para Marco, mas não viu nada naquela escuridão. Apenas a luz verde da saída de emergência iluminava a parte de baixo da sala de cinema.

Ouviram uma voz vinda da sala de projeções, que ficava atrás deles. Era Tobias, o encarregado de passar o filme:

– Fiquem calmos! Foi apenas o filme que se soltou. Isso acontece às vezes e logo estará consertado.

Alguns segundos depois, o filme voltou de onde havia parado e, dessa vez, tudo correu bem até o final. As luzes se acenderam na sala de cinema, as pessoas começaram a se levantar de suas poltronas e se encaminhar para a saída.

O homem das balas também se levantou e Maia olhou zangada para ele, que pareceu ter achado o filme muito emocionante, pois tinha o rosto muito corado.

Quando Marco e Maia saíram para a rua, perceberam que já havia começado a escurecer. Maia estava quase estourando de tanta curiosidade.

– Você tem certeza mesmo de que ouviu direito? – ela perguntou muito ansiosa.

— Espere — respondeu Marco. — Aqui, não. Alguém pode nos escutar. Vamos até o café de Dino e Sara, lá podemos conversar em paz.

Marco e Maia atravessaram a praça e se sentaram numa mesa do lado de fora do café, com vista para o Cinema Rio.

A praça se encontrava cheia de pessoas passeando e aproveitando aquela noite agradável de final de verão. As luzes do hotel da cidade iluminavam a praça e, do mar, se ouvia a buzina de um navio ao longe.

Sara Bernard, que trabalhava no café, veio até eles e os cumprimentou com um sorriso no rosto. Não fazia muito tempo que Marco e Maia haviam ajudado ela e Dino, quando o café fora roubado. Marco e Maia pediram que ela trouxesse refrigerante e bolinho de canela para cada um.

– Tenho quase certeza. Ouvi um cachorro do outro lado da porta trancada – disse Marco, se debruçando sobre a mesa.

– Mas pode ser que seja algum dos funcionários que tenha deixado o seu cão lá.

– Você se lembra de Ivy Roos no jornal? – perguntou Marco. – A mulher que teve o seu poodle roubado. Ela mesma disse que o cachorro dela costuma cantar quando se assobia para ele. Eu assobiei pela fechadura da porta e o cão, lá dentro, respondeu na mesma hora. Ele talvez não tenha cantado de verdade, mas tenho quase certeza de que era Karl-Filip quem estava trancado lá.

– Mas, então, isso quer dizer que... – disse Maia.

– Exatamente, que alguém que trabalha no cinema é o ladrão de cachorros!

– Precisamos pensar bem nos fatos – disse Maia. – Talvez seja preciso termos mais pressa do que pensamos antes. Quem sabe, talvez os outros cachorros também estejam por lá. Onde costumam guardar a chave do depósito? – perguntou Maia.

— A porta está trancada com um cadeado bem reforçado – disse Marco.
— Mas, segundo Zacarias, a chave foi perdida...

Marco baixou a voz e fez um sinal com a cabeça para Maia. Ela se virou e viu Rune Andersson vindo com passos decididos. Rune passou pela mesa deles e foi em direção à entrada do cinema.

— Dessa vez, ele quer garantir o primeiro lugar na fila – disse Maia sorrindo.

Capítulo 5

Trapaceiros e preguiçosos

– O que sabemos sobre os funcionários do cinema? – perguntou Marco.

– O porteiro Zacarias parece ter muito dinheiro – disse Maia. – Ele usa um relógio de ouro bem grande e nós vimos quanto dinheiro caiu do bolso rasgado dele.

– Se ele tem tanto dinheiro assim, é porque a moça da bilheteria, a senhorita Blom, tem muito pouco.

– Como? – perguntou Maia, sem conseguir acompanhar o raciocínio de Marco.

– Zacarias e a senhorita Blom jogam cartas durante os filmes. Jogam apostando dinheiro! Acho que Zacarias usa aquelas cartas extras que ele tinha presas à pulseira do relógio.

– Que malandro! – exclamou Maia, apavorada. – Engana a própria colega para ganhar dinheiro.

– Tobias, aquele que passa os filmes, começou a ir de táxi para o trabalho. Será que ele ficou rico de repente e agora se dá ao luxo e nem vai mais andando para o serviço? – perguntou Marco.

– O homem das balas parece totalmente desinteressado em vender alguma coisa – disse Maia. – Acho que ele está tão bem de vida que nem se importa se perder o emprego. Nós não devemos ser os únicos a ter reclamado dele.

– Mas quem pode sair do cinema no meio da sessão? – perguntou Maia, sacudindo a cabeça e sem entender. – Todos estão ocupados de uma maneira ou de outra.

Sara chegou e colocou os refrigerantes e bolinhos sobre a mesa. Marco e Maia puxaram as cadeiras para mais perto, mas sem tirar os olhos do Cinema Rio.

As pessoas já começavam a chegar para a sessão das 19 horas. Lá na frente, estava o chefe de polícia. Marco e Maia ficaram pensando se ele também havia desconfiado de que o ladrão estava no cinema, mas viram que ele foi e comprou um ingresso para assistir ao filme.

Maia deu uma mordida grande no seu bolinho de canela e ficou pensando. Então, finalmente disse:
– Os cachorros foram roubados entre as sete e as sete e meia da noite. Ao mesmo tempo da segunda sessão de cinema. As pistas nos levam até o cinema, mas quem pode sair de lá sem que ninguém perceba?
Marco ficou pensando. Ele tampouco entendia como tudo aconteceu.
Zacarias e a senhorita Blom jogavam cartas juntos. O homem das balas ficava sentado na primeira fila durante toda a sessão e Tobias provou que estava lá, quando arrumou o filme em poucos

segundos. Ninguém parecia ter saído do cinema sem ser visto.

– Então, se estamos no caminho certo – disse Maia –, tem alguém que trabalha no cinema, que roubou os cachorros e está pedindo dinheiro para os donos. Karl-Filip e os outros cães talvez estejam trancados no cinema. Mas nenhum dos funcionários sai de lá durante a sessão, que é quando os cachorros são roubados! Como pode isso?

– Olhe, que eu saiba, só tem um jeito de descobrir a verdade – disse Marco muito sério.

– Como? – perguntou Maia.

– Espionando – respondeu Marco.

49

Eles acenaram para Sara Bernard, para pagar o que pediram. Sara os lembrou de que eles nunca mais vão precisar pagar alguma coisa ali no café dela e de Dino, pois estavam muito agradecidos com a ajuda dos pequenos detetives com aquele terrível ladrão.

Marco e Maia se levantaram da mesa e foram andando pela praça em direção ao hotel da cidade.

Eles pararam atrás do hotel, na escuridão, num lugar onde não podiam ser vistos e de onde conseguiam observar a entrada do Cinema Rio. Um lugar mais que perfeito para ficarem espionando!

CAPÍTULO 6

Um sorvete como consolo

– Que horas são? – perguntou Maia, cochichando.

Marco apertou um botão na lateral do seu relógio e uma luzinha se acendeu.

– São exatamente 19 horas – ele respondeu.

– Então, está na hora do filme começar – disse Maia baixinho. – Aquele que sair do cinema agora não é ninguém menos que o ladrão!

Um casal jovem e apaixonado passou andando pelo esconderijo deles,

de mãos dadas e a caminho da passarela junto ao mar. Marco e Maia se encostaram na parede de pedra do hotel para não serem descobertos.

– Aqueles dois não teriam nos visto nem se a gente dançasse tango de pijama na rua e debaixo da luz – disse Maia.

– Shhh – cochichou Marco. – Olhe! Alguém está saindo do cinema!

– Deve ser Rune, que foi expulso de novo – disse Maia rindo baixinho.

– Pare com isso, Maia! Olhe!

Marco e Maia ficaram encarando as portas do cinema com tanta concentração que os olhos dos dois até lacrimejaram. Era claro que uma das portas se abriu devagar e de lá saiu...

Zacarias, o porteiro do cinema! Ele se demorou um pouquinho na porta e escutou o que estava acontecendo no cinema. Em seguida, olhou à sua volta na rua e foi andando em direção ao café.

Marco e Maia andaram na ponta dos pés ao longo das paredes do hotel, parecendo duas sombras silenciosas.

Quando Zacarias passou pelas mesas ao ar livre do café, Marco e Maia atravessaram a rua rapidamente e se esconderam atrás de uma árvore.

O porteiro do cinema foi caminhando pela Rua da Igreja, passando pela joalheria de Muhammed Kilat. Marco e Maia correram, atravessando a rua, e foram até a igreja do outro lado. Zacarias continuou a andar e chegou ao correio.

Lá ele parou de repente, olhando para a direita e para a esquerda. Em seguida, atravessou a rua! Indo na direção de Marco e Maia!

Eles correram para se esconder atrás da igreja. Muito devagar e com cuidado, eles espiavam de seu esconderijo e lá estava Zacarias novamente.

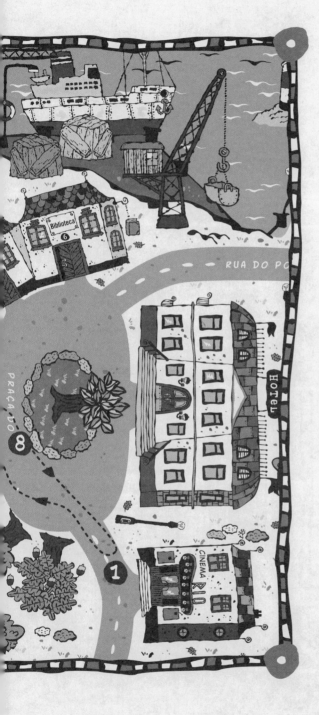

A caminhada de Zacarias:

1. Zacarias saiu do cinema

2. Passou pelo café

3. Passou pela joalheria

4. Passou pelo correio

5. Atravessou a rua

6. Foi até o quiosque de sorvete

7. Fez o caminho de volta

8. Cruzou pela Praça do Hotel

O porteiro do cinema tinha parado junto ao quiosque, para comprar um sorvete! Ele não tinha a menor pressa, estava lá tomando calmamente o seu sorvete. Marco e Maia concluíram que Zacarias não era o ladrão de cachorros. Alguém que pretende cometer um crime não iria ficar lá parado tomando sorvete assim, na frente de todo mundo, em plena Rua da Igreja. Depois de tomar o seu sorvete, Zacarias comprou mais um e começou a voltar para o Cinema Rio.

Com o sorvete na mão, passou muito perto do esconderijo de Marco e Maia.

Do seu lugar, eles viram Zacarias atravessar a Praça do Hotel e entrar no cinema. Tinha começado a ventar um pouco, um vento vindo do mar, e a praça estava praticamente vazia agora.

– O sorvete deve ser para a senhorita Blom – disse Maia, quando eles saíram do esconderijo.

– Ele deve estar com a consciência pesada, por ficar enganando-a – disse Marco.

Maia balançou a cabeça devagar, concordando, mas sem nada dizer. Ela tinha visto alguma coisa.

– Olhe, Marco – disse apontando para o outro lado do hotel, junto ao porto.

Eles avistaram uma figura encolhida, correndo na ponta dos pés e carregando um grande embrulho.

Junto às escadarias iluminadas do hotel, a pessoa olhou preocupada à sua volta, ajeitou o embrulho melhor para em seguida desaparecer junto às portas de entrada do Cinema Rio.

– Você viu quem era? – perguntou Maia nervosa.

– Acho que sim... – respondeu Marco – mas estava sem chapéu!

Marco e Maia viram a figura misteriosa entrar no cinema e sumir.

– Rápido – disse Maia. – Agora temos pressa!

CAPÍTULO 7

Mas... isso é impossível

Marco e Maia atravessaram correndo o mais rápido possível a Praça do Hotel. Quando chegaram ao Cinema Rio, foram obrigados a parar para recuperar o fôlego. Agora tinham que se movimentar sem fazer nenhum barulho.

Maia abriu uma das portas de entrada do cinema e deixou Marco entrar. Em seguida, ela entrou também, muito discretamente. Marco e Maia pararam por um momento no *hall* e ficaram escutando. De dentro da salinha à direita, ouviram as vozes de Zacarias e da senhorita Blom.

Marco foi na ponta dos pés e espiou pela abertura da porta. O porteiro e a moça da bilheteria estavam sentados a uma mesa e tinham voltado a jogar cartas. Zacarias estava de costas para a porta e a senhorita Blom estava tomando um sorvete, olhando para as suas cartas com muita concentração. Marco fez um sinal para Maia de que estava tudo tranquilo. Eles foram apressadamente para a sala de cinema.

– Preciso ver uma coisa – disse Maia, abrindo uma das portas da sala de cinema.

Marco ficou esperando por ela, muito nervoso. Eles tinham pressa! "O que ela foi fazer agora?" Ele começou a ficar zangado com ela. Mas, quando Maia voltou e ele viu o olhar surpreso dela, sua raiva desapareceu na mesma hora.

– Ele ainda está lá dentro! – disse Maia baixinho, olhando meio confusa para Marco.

– Mas... – disse Marco – isso é impossível. Tobias passa o filme, a senhorita Blom e Zacarias estão jogando cartas. Tem que ser ele! Venha, não podemos perder tempo!

Marco e Maia desceram correndo as escadas que iam até os banheiros. Quando chegaram lá embaixo, descobriram que alguém tinha destrancado o cadeado do depósito. O cadeado estava pendurado lá, aberto e ao lado da porta!

– Agora! – disse Marco, correndo até a porta.

– Mas... – respondeu Maia.

Marco apanhou o cadeado, ao mesmo tempo em que eles escutaram que alguém estava vindo até eles pelo outro lado da porta.

– Rápido! – exclamou Maia, entendendo o que Marco pretendia fazer.

Marco se atrapalhou e deixou o cadeado cair no chão!

– Segure a porta – disse ele para Maia.

Ela apoiou o ombro contra a porta, ao mesmo tempo em que viu que alguém estava mexendo na maçaneta e tentando abrir a porta por dentro.

Eles ouviram alguém praguejar muito zangado e, em seguida, ouviram os passos rápidos que a pessoa lá dentro deu para pegar impulso e abrir a porta com força!

Marco tinha apanhado o cadeado do chão. No mesmo instante em que o desconhecido lá dentro se jogava contra a porta com toda a força, Marco conseguiu colocar e fechar o cadeado, trancando a porta. A pessoa lá dentro bateu com violência contra a porta, mas tanto esta quanto o cadeado aguentaram a forte pancada. O ladrão de cachorros estava preso!

Marco e Maia olharam um para o outro, com os olhos arregalados de emoção. Os dois respiraram fundo.

– Mas o que devemos fazer agora? – perguntou Maia.

Marco olhou preocupado para ela, pois ele ainda não havia pensado nisso.

Se a pessoa lá dentro continuasse a se jogar contra a porta, logo o cadeado ou a porta iriam acabar se arrebentando.

– O chefe de polícia! – disse Maia. – Ele está lá dentro da sala de cinema. Eu vou buscá-lo.

Capítulo 8

Como se fosse contra um poste

Maia abriu a porta e entrou silenciosamente na escura sala de cinema. Ela procurou pelo chefe de polícia entre as fileiras de poltronas. Lá estava ele, na parte de cima e do lado esquerdo.

Maia acenou, mas ele estava completamente concentrado no filme de faroeste e não a viu. Ela foi obrigada a ir até onde ele estava e lhe deu um tapinha no ombro.

– Sim, o que foi? – perguntou irritado.

Mas assim que ele percebeu quem era que o estava incomodando, cumprimentou Maia educadamente.

– Acho que conseguimos prender o ladrão de cachorros – cochichou ela, ao mesmo tempo em que Tobias olhou para eles lá da sala de projeção.

– O que você está dizendo, menina? – perguntou o chefe de polícia.

– Ele está trancado, mas temos pressa! Marco está de guarda. Venha logo! – disse Maia, puxando-o pelo braço.

Quando Maia e o chefe de polícia chegaram ao *hall*, do lado de fora da sala de cinema, escutaram as batidas na porta do lado dos banheiros e desceram as escadas correndo. Zacarias e a senhorita Blom já haviam retornado para os seus lugares de trabalho e observavam toda aquela movimentação com muita curiosidade.

O cadeado da porta estava quase se arrebentando, por causa das fortes pancadas dadas pelo lado de dentro.

– Mas... – disse a senhorita Blom.

– Há alguém lá dentro! – exclamou Zacarias.

– O que está acontecendo? – gritou Tobias de cima da escada.

Em seguida, ele veio descendo com cuidado, pois estava com o pé engessado e se segurava bem no corrimão. "Então, é por causa do pé engessado que vai de táxi para o trabalho", pensaram Marco e Maia.

– Nós achamos que é o ladrão de cachorros quem está aí dentro e ele está tentando escapar – respondeu Marco.

– E quem seria o ladrão? – perguntou a senhorita Blom. – Só nós, os funcionários, temos a chave. Ou melhor, tínhamos, pois a chave está desaparecida. E se é algum de nós... só pode ser...

Agora foi o chefe de polícia quem ficou confuso.

– Mas aquele imprestável está na sala assistindo ao filme – disse ele. – Nunca vi um vendedor pior que ele! Eu queria comprar um pacote de balas de menta, mas ele não me viu, mesmo eu acenando para ele. Durante todo o filme, ele ficou lá sentado, sem mover uma palha.

O chefe de polícia olhou para Marco e Maia, mas eles não compreenderam o que ele realmente queria dizer.

De repente, a porta se abriu com estrondo. O cadeado foi parar do outro lado do local e alguém caiu para fora: o homem das balas!
— Mas como? Você estava lá dentro — disse o chefe de polícia apontando para a sala de cinema.

O homem das balas se levantou. Ele estava com o rosto muito vermelho de raiva e do esforço que tinha feito. Ele tentou escapar dali, passando pelo chefe de polícia e por Zacarias, mas o chefe o agarrou com muita força.

– Pronto – disse o policial calmamente, segurando o homem das balas que não parava de se debater. – Agora vou pedir ao senhor vendedor de balas que se explique. É você quem rouba os cachorros e enche os donos de preocupação? E quem está lá na sala de cinema, se você está aqui?

– Ninguém, é claro! Eu deixei o meu chapéu sobre o encosto da poltrona, para que ninguém descobrisse quando eu saísse do cinema. Depois era só me arrastar pelo chão até a saída de emergência.

O homem das balas resmungou zangado e continuou:

– Teria dado certo dessa vez também se essa porta desgraçada não tivesse ficado trancada. Agora nunca poderei pagar as minhas dívidas e provavelmente terei que devolver todo o equipamento.

– Que equipamento? – perguntou o chefe de polícia.

– O meu *home theater*, é claro. São oito autofalantes, televisão de tela panorâmica e um aparelho de DVD.

– O seu interesse por filmes lhe subiu à cabeça – disse o chefe de polícia. – O *home theater* você, provavelmente, terá que devolver, mas antes disso vamos começar a devolver os cães que você roubou. Os donos estão muito preocupados.

– Mas meu Deus do céu! – exclamou a senhorita Blom de repente. – Que horas são? O filme já está terminando.

– Pergunte ao Zacarias – disse Maia, muito esperta.

Zacarias arregaçou a manga do casaco e descobriu seu próprio erro quando já era tarde demais. Duas cartas ainda estavam escondidas e presas à pulseira do seu relógio.

– Não acredito! Então, é assim! – exclamou a senhorita Blom. – "A sorte vai e vem..." E é Zacarias quem ganha todas as vezes! Muito, mas muito obrigada!

Zacarias olhou para o chão, muito envergonhado.

Em seguida, eles escutaram um gemido fraquinho vindo de onde o vendedor de balas tinha mantido presos os cachorros. Lá dentro, havia quatro cãezinhos tristes olhando para Zacarias, Tobias, a senhorita Blom, o chefe de polícia, Marco, Maia e para o homem que os havia colocado num saco e os trancado naquele lugar escuro.

Um pequeno poodle pareceu estar mais infeliz que os outros. Ele gemia e chorava.

– Ai, coitadinho – disse o chefe de polícia. – O pequeno deve estar precisando passar por um poste.

Marco se abaixou e assobiou para o cachorrinho, que soltou um gemido e começou a ir em sua direção. Mas, no caminho, ele parou, levantou a pata e fez xixi na perna do homem das balas.

O chefe de polícia levou o ladrão embora dali, segurando-o com firmeza pelo braço.

Zacarias e a senhorita Blom levaram os outros cachorrinhos para a sua sala e começaram a telefonar para os donos.

Marco e Maia sabiam muito bem que o porteiro do cinema iria ouvir umas poucas e boas da senhorita Blom.

Em seguida, as portas da sala de cinema se abriram. Marco e Maia saíram do cinema com Rune Andersson e os outros frequentadores.

No dia seguinte, Ivy Roos e todos os outros habitantes da pequena cidade de Valleby leram no jornal:

Cães roubados foram encontrados

O poodle cantor, Karl-Filip, e seus três companheiros já estão alegremente reunidos com os seus donos, que passaram por grandes momentos de preocupação.

Graças a Marco e Maia, os excelentes detetives da cidade, o mistério dos cães desaparecidos pôde ser solucionado sem que nenhum dano fosse causado aos amiguinhos de quatro patas.

Foi comprovado que o culpado era o vendedor de balas do Cinema Rio, que enganou a polícia e deixou todos os donos de cachorro da cidade apavorados. O homem roubou os cães para poder pagar um luxuoso equipamento de *home theater*.

O chefe de polícia, rindo muito, mandou avisar que o vendedor de balas está com sorte apesar de tudo. Parece que há na prisão uma pequena televisão preto e branco que funciona... às vezes!